1

사장부장

다나가

혼자 있고 싶으니까

일도
연애도
참
서툰……
86년생
이환천들의……
술푼
인생
시…………

위즈덤하우스

4

Prologue

나는 뭐가 참 잘 안 된다.
공부도 연애도 취업도 외모도
심지어 사소한 모든 것들까지
뭐가 참 잘 안 된다.

어릴 때부터 내 발목을 잡아왔던 것들이 아직도
나를 놓아주지 않는 것 같고,
피나는 노력을 하면 아플 것 같아서
죽을 만큼 노력하면 죽을 것 같아서
적당한 수준의 노력만 하면서 세상을 살고 있다.

나는 뭐가
참
잘 안 된다.

자기계발서에 나오는 이야기도,
TV에서 명사들이 늘어놓는 잘 사는 법도
다 아는 이야기고 맞는 이야긴데 자기들 이야기지
나하고는 뭔가 맞지 않는 것 같다.

나는 그저 나와 비슷한 친구들과 쌍욕 섞인
대화에서 위로를 찾고, 허름한 술집에서 가성비
좋은 안주와 소주 한잔에 웃음을 찾는,

잘 안 되도 다 그렇게 산다고 위로하며 하루를
견디는 86년생 이환천이다.

차례

프롤로그 5

PART 1 — 일 더하기 일은 매우 힘듦

빛 15
희망연봉 16
회사원 18
일 19
사내정치 20
결재 21
피해라 23
영혼 24
관상 26
칼퇴 28
기대 29
내일부터 31
뒤통수 32
사원증 34
알 수 없는 인생 37
쿨가이 38
불금 40
카드 42
금요일 45
알람 46
나란 놈 48
밉상 49
멋 50
부귀영화 52
실패 53
자신 54
자존심 55
노페이는 56
잠 58
메이크업 60
일과 사랑 62
출산 65
응원 66
기본 68
나쁜 새끼 69
체력엔딩 70
체력론 72
연말반성 74

편 83
가정사 84
시발비용 85
남김 86
경험 87
몸 89
낮술 90
나 자신 92
마법 94
파티 96
리듬 99
뒷담화 100
주량대결 102
주말 104
술병 107

PART 2 — 쥐어짜야 나오는 행복

할로윈 108
살 빼는 법 110
체질 112
체중계1 114
체중계2 116
난리 118
1인분 121
제사 122
벌 125
다이어트 실패자들 126
변비 128
별똥별 130
뷔페 133
단골 134

짝 140
당 142
프리킥 144
고백 146
흑역사 147
고백의 목적지 148
너의 웨딩 151
척 152
니 생각은 불법대출 154
추억 156
힘든 연애 157
소개팅 158
성격팔이 161
취중톡 162
답장 164
대시 165
볼매 166
아무나 167

PART 3 – 모르면서 아는 척 해본 사랑

끼 169
영화 170
통화 172
아는 오빠 174
불행복 176
준비 178
아빠 179
좋니? 181
하객 182
눈치 184
마약같은 너 186
짝사랑 187
동기부여 189
데이트 190
쉽빠새키 192
역시 195
이별한 친구에게 196

PART 1

일 더하기 일은 매우 힘듦

13

빚

월급은빚을
이길수없다

희망연봉

돈은이미
정해졌고

너는그냥
얼마줄지

맞추기만
하면되는

고난이도
심리게임

두근
두근
두근

회사원

출근길엔 터질듯이 꽉차있는 전철타고
밀린일은 발등에불 떨어져서 활활타고
결재올린 보고서는 아직까지 대기타고
나의속은 답답이들 일처리에 검게타고
아이디어 회의할땐 말을못해 x같다고
잔소리는 여기저기 들려온다 귀를타고
그럼에도 내얼굴은 웃고있지 뭐좋다고

일

일
더하기
일은

매우
힘듦

사내정치

업무보다 숨막히는
쫄보들의 사내정치

뒤통수에 뒤통수에
뒤통수를 치는소리

그흥겨운 비트속에
몸을맡겨 일을한다

결재

보고서를 들고가서
일시불을 외쳤지만

부장님의 잔소리만
삼개월치 할부결제

여기저기 돌려막던
내머리는 한도초과

피해라

피할수
없으면

백프로
사고다

영혼

내영혼은
먼지없이
깨끗하다

선배에게
매일같이
탈탈털려

정신 안 차려?
어?
죄송합니다
탈
탈
탈
탈

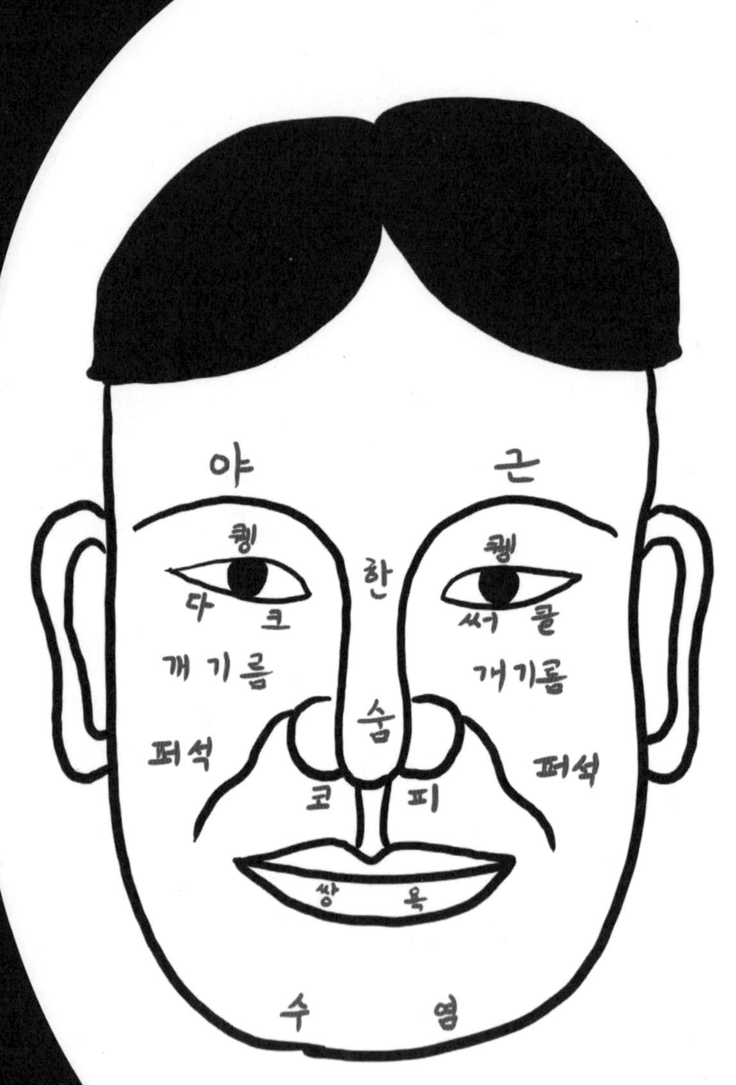

26

관상

거울속에
내얼굴은
오늘역시
야근하게
생겼구나

칼퇴

그유명한
칼잡이도

날카롭게
못하는게

우리회사
퇴근이다

기대

나는분명
오늘보다
내일이더
기대되는
사람이다

이러면서
어제일을
오늘내게
미뤘겠지
과거새끼

내일부터

내일부터
라는말은

내일부터
하지말자

뒤통수

명심해라
뒤통수는
치는놈도
달고있다

짝
짝
짝
짝
짝
짝
히히

사원증

하루하루 업무속에
죽어가는 나완달리

사원증의 내얼굴은
뭐좋다고 웃고있나

사원증
하핫
이환천

알 수 없는 인생

알수없는
인생이라
말하지만

지금처럼
노력조차
안한다면

그인생은
너도알고
나도알고

쿨가이

쿨한척
하다가

얼어서
디질뻔

먼저 잘게!
신경쓰지 말고
놀다와~ ^^

불금

제아무리
금요일도

돈있어야
잘타더라

불금좋아하네
칫!
탁
탁
탁
탁

카드

그만긁어
피나잖아

슥—

금요일

잘나갈때
활활타던
금요일이
그리워서

티비속에
유희열과
스케치북
태워가며

어떻게든
꺼져가는
금요일을
살려본다

알람

일어나지
못할까봐

오분마다
맞춰봤자

알람끄는
순발력만

곤충처럼
늘뿐이다

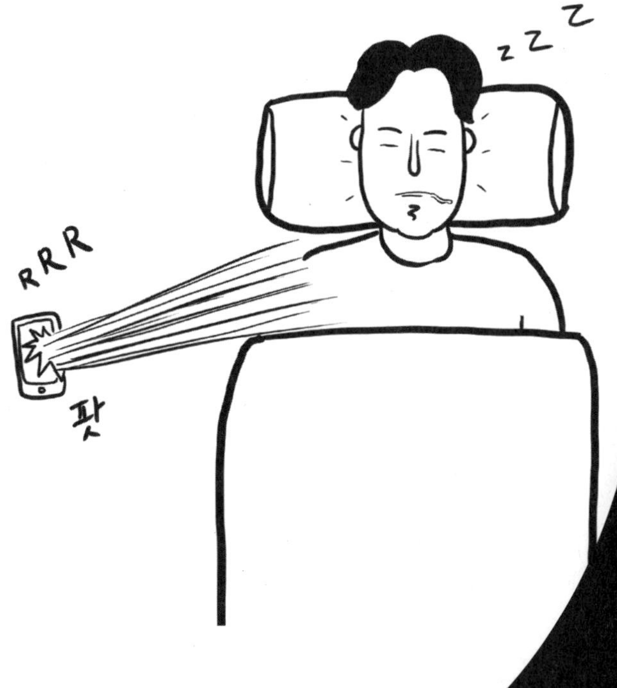
z z Z
RRR
팟

나란 놈

지난일을
후회하고

그시절로
돌아가도

또똑같이
할놈이다

밉상

이유없이
미운자의
모습속엔

내가정말
싫어하는
내모습이

소름돋게
고스란히
담겨있다

멋

멋부린듯 안부린듯
센스있는 사람처럼
꾸며입고 나왔는데

우리엄마 나를보고
우리아들 담배사러
슈퍼가냐 물으시네

51

부귀영화

내가무슨
부귀영활
누리자고
이고생을
하냐지만

누구보다
격렬하게
누려보고
싶은것도
사실이다

실패

내가겪은
실패들이

내성공의
어머니면

아버지는
참좋겠네

새엄마가
많으셔서

자신

자신과의
싸움에서

매번지는
나를보고

나자신이
강하단걸

다시한번
느낍니다

자존심

사회생활하다보니
자존심이허락하지
않는일이거의없네
역시긍정적인새끼

노페이는

노어게인

56

NO PAY!
NO AGAIN!

잠

틈만나면

오는새끼

쿵
Z Z Z
나 왔어!!
잠

톡톡톡
왜... 먹지를 못하니...

메이크업

오랜만에
값이비싼
화장품을
발랐는데

김첨지의
아내처럼
왜먹지를
못하는가

일과 사랑

두마리의
토끼를다
잡으려다
사람잡네
사람잡아

헉
헉
헉
헉
일
사랑

출산

내인생의
주연에서

네인생의
조연으로

투둑

응원

힘이들땐
툭툭털고
일어나요

힘이들게
하는새끼
강냉이를

기본

핸드폰의
기본요금

나이트의
기본안주

알바생의
기본급여

택도없어
기분나쁨

나쁜 새끼

요즘따라
나쁘다고
소문나서

눈에띄면
뒤진다고
말했지만

보이지도
잡히지도
않는새끼

미세먼지
오늘역시
매우나쁨

체력엔딩

어찌하여 내육신은
흩날리는 벚꽃잎이
울려퍼진 거리에서
피곤함만 느끼는가

체력론

평일동안 대출처럼
땡겨썼던 체력들은

주말되면 복리처럼
피곤함을 불려온다

요번주는 놀지말고
갚아야지 하면서도

밤만되면 나가노는
내체력은 신용불량

꽈악
일루와!
놔!

연말반성

작년반성

복사하기

왜 살을 빼지 못했나?
왜 운동을 못했나?
왜 영어공부를 못했나?
왜 연애를 못했나?
CTRL + C
왜 살을 빼지 못했나?
왜 운동을 못했나?
왜 영어공부를 못했나?
왜 연애를 못했나?
CTRL+V
타닥
타닥

76

환영

농구황제 마이클 조던이 NBA에서 최고의 활약을 펼치고 있을 때의 일화이다.
218cm의 장신으로 빼어난 수비를 하는 대형신인 무톰보가 시카고 불스와 첫 경기를 치르지만 소문과는 다르게 종횡무진 하는 마이클 조던을 막는 것은 역부족이었다.
결국 무톰보는 반칙으로 조던의 공격을 끊었고 자유투를 얻게 된 조던에게 이렇게 말했다.

"아무리 너라도 눈감고 자유투를 성공시키는 건 불가능할걸?"

이에 '씨익' 웃으며 눈을 질끈 감고 자유투를 성공시킨 뒤 무톰보에게 이렇게 말했다.

"NBA에 온걸 환영하네."

한편 문인 이환천이 SNS에서 나름의 활약을 펼치고 있을 때의 일화이다.
SNS를 처음 하는 후배가 이환천의 시들을 쭉 읽어 보고는 이환천에게 물었다.

"형은 이렇게 더럽고 유치한 시밖에 쓸 줄 모르세요? 형이 깨끗하고 맑은 시를 쓰는 건 무리겠죠?"

이에 이환천은 '씨익' 웃으며 시 한 편을 휘갈긴 뒤 후배에게 주며 이렇게 말했다.

후배에게...

그 레이프의 달콤함과

레 몬의 상큼함,

이 슬의 청명함을

시 에 담아

발 랄하고 아름다운

너 에게

마 음으로 써 보낸다.

"SNS에 온 걸 환영하네."

PART 2

쥐어짜야 나오는 행복

편

니편내편
할것없이

우리들은
못생긴편

가정사

술자리가 무르익고
더할말이 없을때쯤
하나둘씩 꺼내보는
친구들의 가정사엔
우리아빠 포함해서
안망해본 아버지가
한사람도 없었더라

시발비용

비싼물건 지를때는
지름신이 강림하고

열받아서 돈쓸때는
시발비용 신이온다

어쩌다가 가끔오는
지름신은 괜찮은데

이런시발 비용신은
매일같이 내게오네

남김

호랑이는죽어도
가죽을남기지만

우리들은죽어도
먹는건안남긴다

경험

살다보면
힘들었던
경험들이

피가되고
살이되면
안되는데…

몸

나의몸은
묵찌빠다

묵고찌고
안빠지고

낮술

대낮부터 친구들과 이야기꽃 피우면서
밥집에서 반주삼아 한잔두잔 마셨더니

어느샌가 우리몸은 치료할수 없을만큼
녹색병과 갈색병에 심각하게 전염됐고

이병들이 옮지않은 사람들의 몸놀림은
느릿해진 나완달리 한박자씩 빠르더라

계산하고 밖에나가 친구들과 작별하고
담배한대 피우면서 집쪽으로 걸어가니

지나가던 아줌마가 내이름을 부르면서
짜증섞인 목소리로 어딜가냐 물으셔서

누구시냐 여쭤보니 내등짝을 때리시곤
두고보잔 표정으로 우리집엘 들어간다

내만
믿어라!

나 자신

믿을것은
나자신뿐

그말을젤
못믿겠다

이모여기
소주한병
더주세요!

마법

저주받은
나자신을
구하려고

오늘밤도
이주문을
외워본다

이모여기
소주한병
더주세요

파티

섹스앤더 시티처럼 검은색옷 맞춰입고
예쁜방에 모여앉아 풍선불고 촛불켜고

와인이랑 치즈먹는 사진몇장 찍어대다
뭔가성에 안찬다는 표정짓던 우리들은

결국에는 한국사람 한국파티 외치면서
불족발을 시켜놓고 소주맥주 말아본다

한국 사람!
한국 파티!

리듬

부탁
인데

몸좀

그만
맡겨

뒷담화

아버지가
아끼시는

십팔년산
양주처럼

일팔놈들
뒷담화는

몰래까야
제맛이다

18
18

주량대결

누가누가
많이먹나

부질없는
술싸움에

걸린돈을
따가는건

술잔에는
입도안댄

카운터의
술집주인

?
?

내가
이겼네?

뉴페이스!!

주말

술자리에 나오라고
전화오는 친구말에

이번주는 피곤해서
쉴거라고 말해놓고

혹시몰라 그 자리에
누구있냐 물어보니

거부할수 없는너의
한마디는 뉴페이스

매력적인 그단어에
또한번더 속아본다

술병

변기통을
끌어안고

어제먹은
안주들을

역순으로
만날시간

할로윈

매일아침
거울보는

매순간이
파티타임

살 빼는 법

다알면서
혹시몰라

검색창에
쳐봅니다

살 빼는 법
검색

살 빼는 방법
다 알잖아
먹지마
운동해
움직여
좀

아...

타닥
타닥

체질

물만먹고
살이찌는
체질이면

기가막힌
초능력자
아닙니까

살이 찐다!

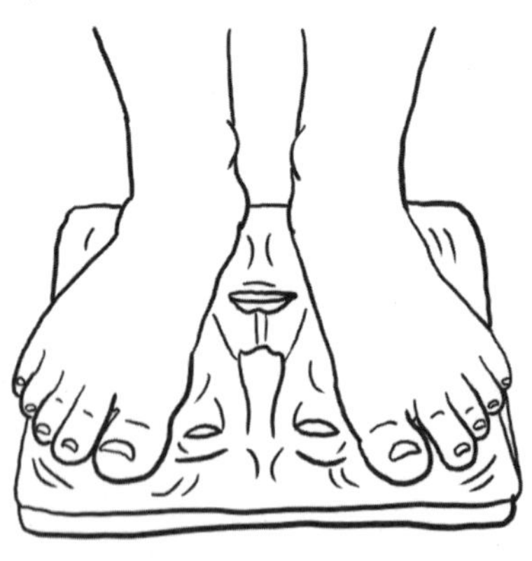

체중계1

밟고 있지만

밟고 싶구나

밟는 만큼
잘나 가는군…
부앙~

체중계2

외제차도
아니면서

밟는만큼
잘나간다

난리

내가진짜
마음먹고
살을빼면
난리난다

내위장들
하루종일
밥달라고
난리난다

1인분

고깃집의
사장님께
묻고싶다

일인분은
어떤분이
정하는지

그분혹시
채식주의
아니신지

누나살쪘....

향냄새가 맡고싶니?

제사

오랜만에 나를보고
살쪘냐고 놀려대는
사촌동생 녀석에게
나지막히 속삭였다
내일아침 차례상의
주인공이 바뀐다면
그건니가 될것같아

벌

이승에서
천벌받은
내몸매가
묻습니다

밥남기면
저승가서
벌받는게
확실한지

다이어트 실패자들

어차피

지금제

체중은

개돼지

입니다

어차피
제 체중은
개돼지 입니다.

변비

볼펜조차
좀만쓰면
볼펜똥이
나오는데

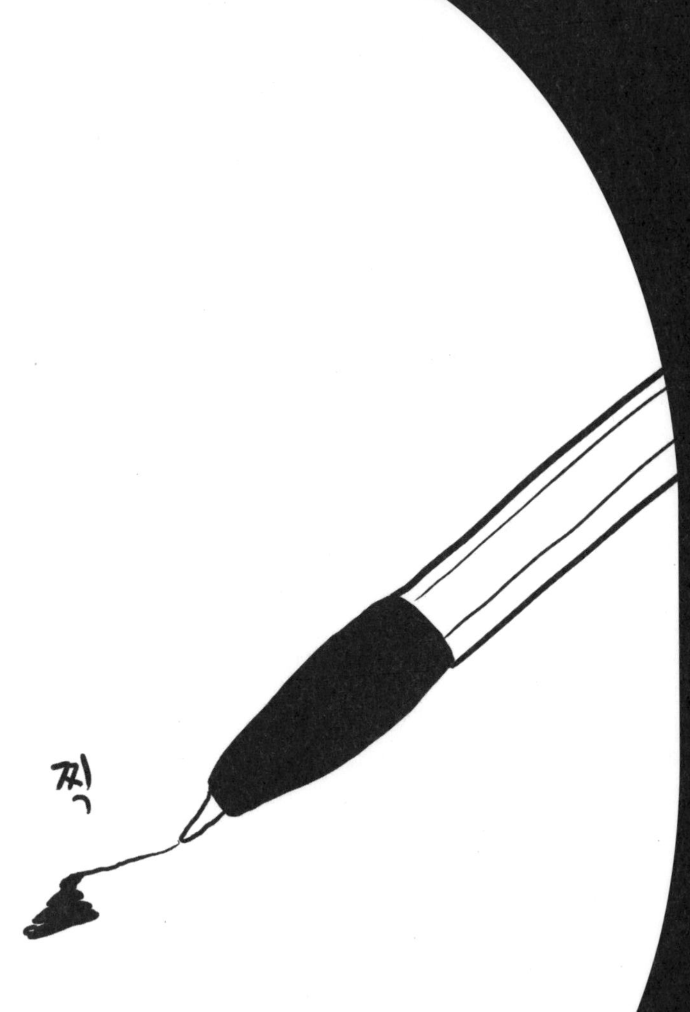
찍

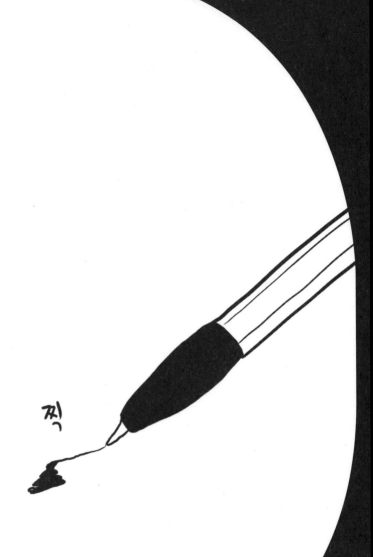

별똥별

별은젠장
똥을싸도
이쁘구나

푸슉

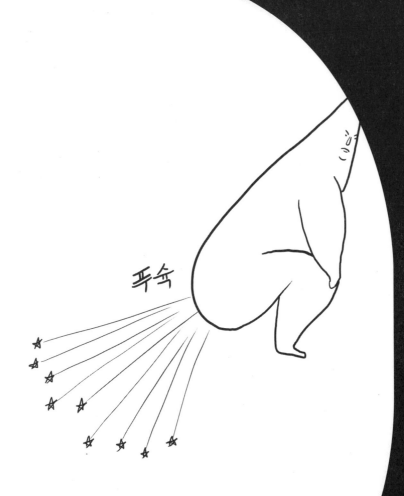

뷔페

대회경험
부족으로

페이스를
못찾다가

세접시째
무너져서

과일앞을
서성인다

단골

왜이렇게
오랜만에
왔느냐고

내안부를
물어주는
이모님은

이미내가
뭐먹을지
안다면서

내주문을
물어보지
않으시고

소주한병
맥주두병
꺼내준다

사실은나
오늘여기
처음인데

TALK

PART 3

모르면서 아는 척 해본 사랑

짝

귓방망이
처맞을때
나는소리

외로운데
그거라도
들어볼까

짝
니 짝은
여깄다!
악

밀당 하는 사람
누굽니꽈아아아!!

당

여당야당

보다싫은

너의밀당

프리킥

무언가를 보여줄 기회가 찾아온 듯
오늘따라 유달리 침착하다.

깊은 숨을 내뱉으며 호흡을 가다듬고
지그시 눈감으며 지난날을 생각한다.

드디어 결심한 듯 눈을 뜨고
있는 힘껏 달려와서 찬다.

그렇게 나는 차였다.

고백

용기내서 고백하고
돌아오는 니대답이
“이성으로 안느껴져”

니가그래 말을하면
내가가진 정체성이
뭐가되나 이사람아

흑역사

학기초에

이루어진

동기와의

과씨씨는

휴학으로

바로가는

흑역사행

급행열차

고백의 목적지

아름다운
사랑으로
모실까요?

아닙니다

친한오빠
동생으로
가주세요

사랑으로
모실까요?
음...

아니요..
좋은오빠
동생으로
가주세요
탁

너의 웨딩

드레스를
입고있는
아름다운
니모습을

니옆에서
내눈으로
직접볼줄
알았는데

이야밤에
모니터로
몰래보게
될줄이야

척

너와내가 헤어진뒤
인스타에 올라오는

괜찮은척 행복한척
아무렇지 않은척을
하고있는 니사진은

나보라고 올린건줄
이미나는 알고있다

니속뻔히 알면서도
그사진에 동요하는
나자신이 정말밉다

행복하니...?

니 생각은 불법대출

사랑했던 너에게서
대출받은 좋은추억

헤어질때 아픔으로
다갚은줄 알았는데

잔잔했던 내마음에
깡패처럼 나타나서

미련이란 몽둥이로
내마음을 후려치니

그리움의 이자들은
원금보다 더크더라

여~

흐흐

이자 받으러
왔시다!

흐흐

응?

추억

너와나의
추억들이

시험으로
나온다면

십년지난
지금에도

백점맞을
자신있어

힘든 연애

앞으로는 힘든연애
안해야지 생각하며

지나갔던 애인들의
싫어했던 모습들이
하나없는 사람찾아
한두어달 만나보니

그새끼가 그새끼다

소개팅

공감대를 찾아보려
이말저말 다해봐도
넘겨받은 사진들과
마주앉은 현실과의
괴리감을 넘지못해
실망을한 서로에게
우리서로 피곤하게
이뭐하는 짓입니까
이한마디 나누면서
만난것도 인연인데
스파게티 개나주고
소주한잔 하러간다

소주콜?
끄덕
끄덕

성격팔이

내성격을
물어보는
썸을타는
그녀에게

딴집보다
최대한잘
맞춰준다
외치면서

계산기를
뚜드리며
맞춰보는
성격차이

취중톡

연락을 해보고
싶었던 마음에

술김에 보냈던
찌질한 내문자

사실은 소주를
마시긴 했는데

그정도 까지는
취하지 않아서

오타도 적당히
섞어서 보냈어

지ㅏ니?
닉기ㅏ새ㅇ각나서 숧ㅏㄴ잔 햇때,..

히...

답장

니가보낸 메시지가
진동으로 바꿔놓은
핸드폰에 울렸을때
내가느낀 그떨림은
단한번의 미동조차
놓치기가 싫을만큼
경쾌하고 아름답다

대시

못생기고
매력있는

우리같은
스타일은

한방있는
정면보단

부지런히
측면돌파

볼매

볼수록 매력이 넘치는 나 같은 스타일의 문제점은
매력이 넘칠 때까지 보고 있는 사람이 없다는 것

아무나

외로워서
아무나막
만나려고
마음먹어
보았으나

그것조차
아무나막
되는것은
아니더라

끼

잘부리면
이성에게
좋은미끼

잘못하면
모두에게
주먹도끼

그래봤자
니마음은
방탄조끼

영화

니가말한
그영화는

나랑본게
아닐텐데

너도말을
하고보니

뭔가조금
이상하지?

아...
그게...
엄마랑
본건가?
화랏
화랏
흠...

통화

집에서 잔다고
편안히 말하는
어투완 다르게

스피커 너머로
미세히 들리는
수상한 기류가

니방의 익숙한
공기의 흐름과
너무나 달라서

니지금 어딘데
침착히 또한번
되물어 봤더니

아니나 다를까
왜이런 직감은
틀린적 없는가

아는 오빠

누구하고
있느냐고
물었을때

듣는순간
짜증나는
그한마디

아는 오빠랑
밥 먹고 있어!
또?

불행복

헤어질때
니행복을
빌어준다
말했지만

사실은나
니불행을
두손모아
기도했다

제발...
헤어져라...

준비

정말미안
니생일을
깜박하고

아무것도
준비하지
못하여서

욕쳐먹을
맘의준비
하고왔어

아빠

날사랑
해주는

유일한
남자도

사실상
엄마꺼

좋니?

날떠나딴사람
만나니좋으니?

그런데난아직
왜니가좋으까?

널향한내마음
날떠난니마음

모두다좋으까
좋으까새끼야

하객

행사마다 꺼내입는 꽉쪼이는 정장입고
평소보다 신경써서 매무새를 다듬으며
친구에게 전화걸어 오할건지 십할건지
우정도를 포인트로 환산하며 출발한다

겨우겨우 주차하고 편의점의 인출기로
부탁받은 축의금과 내성의를 뽑아들고
승강기로 올라타니 낯이익은 몇몇들이
나와같이 살이올라 푸짐해진 인상이다

결혼하는 친구에게 축하인사 전해준뒤
결혼식은 뒷전이고 오랜만에 지인들과
농담섞인 안부들을 물어보며 떠들다가
말안듣는 하객땜에 짜증이난 사진사가
지인분들 촬영하러 오시라고 소리치면
몰려가서 사진찍고 식당으로 이동한다

그저그런 뷔페음식 한두접시 먹고나니
전같으면 딴데가서 술한잔더 할법한데
피곤한지 하나둘씩 작별인살 건네면서
예전과는 사뭇다른 형식적인 우리들은
돌아오는 차안에서 씁쓸함을 느껴본다

"ㅇㅇ"
시무룩...

눈치

이성과의 만남에서
기가막힌 내눈치는
초능력을 발휘하지

왜냐하면

짧게오는 니답장에
나는이미 틀렸단걸
단한번에 알겠거든

마약같은 너

만나줄때
웃어주는
그웃음에
중독되어

불안한걸
알면서도
너를끊지
못하겠다

짝사랑

내맘도
모르는

그대가
좋은나

좋으나
답답해

동기부여

여러가지
동기부여
가져봐도

이성만한
동기부여
또없더라

데이트

움직이면

돈십만원

움...움직이지마!
으..응

쉽게도 사랑에

빠지는 사람과

새로운 사랑만

키우는 사람들

잘들어
쉽·빠·새·키야
속닥
속닥

역시

이쁜여잔
내게먼저
친구신청
할리없다

나 완전
끝났다...
지x하네...

이별한 친구에게

다시사귈 가능성이
일프로도 없는거면
지금당장 술사주고

질질짜다 화해하고
개랑다시 사귈거면
저기멀리 꺼지거라

이환천의 원치 않는 사진 찍기 대처법

살다보면 원치 않는 사진을

찍을 때가 있기 마련이죠.

그럴 때는 사진 찍는 타이밍에 맞춰

못생긴 표정을 지어주세요.

못생긴 표정으로

못생김을 감추어보아요.

198

199

일도 연애도 참 서툰 86년생 이환천들의 술푼 인생 시
(사장 부장) 다 나가, 혼자 있고 싶으니까

초판 1쇄 발행 2017년 8월 24일
초판 2쇄 발행 2023년 10월 31일

지은이 이환천
펴낸이 이승현

출판2 본부장 박태근
W&G 팀장 류혜정
디자인 이기준

펴낸곳 ㈜위즈덤하우스 **출판등록** 2000년 5월 23일 제13-1071호
주소 서울특별시 마포구 양화로 19 합정오피스빌딩 17층
전화 02) 2179-5600 **홈페이지** www.wisdomhouse.co.kr

ISBN 978-89-6086-974-5 03810